VERSELETS

PAR

Henri Dottin.

Je suis chose légère.
— La Fontaine. —

1841.

VERSELETS.

OUVRAGES DU MÊME AUTEUR.

—

Cent et une Epigrammes de Martial, traduites en vers français, avec le texte en regard et des notes. — 1838.

Les Noces de Thétis et de Pelée, poème de Catulle, traduit en vers français, suivi de *Poésies diverses* et précédé d'une *Notice sur Catulle*, de M. de Pongerville, de l'Académie française. — 1839.

Fables en quatrains. — 1840.

Les Cendres d'un Empereur, poème en trois époques. — 1840.

BEAUVAIS, IMPRIMERIE D'ACH. DESJARDINS.

VERSELETS

PAR

Je suis chose légère.
— LA FONTAINE. —

1841.

Voici venir l'automne, allez, mes verselets,
Allez, dans votre essor mon cœur vous accompagne ;
Allez mêler vos chants aux chants de la campagne,
A la voix de l'oisel, au bruit des ruisselets.

Mais écoutez encore, enfans de mon délire :
Dans les bosquets ombreux portez toujours vos pas ;
Suivez d'étroits chemins, et surtout n'allez pas
Au sein de nos cités; l'on y sait trop médire.

Cependant, chers petits, si vous apercevez
Jeune fille, au front pâle, assise à sa fenêtre,
Entrez, entrez sans crainte, et faites-lui connaître
Tous les rêves d'amour qu'aussi moi j'ai rêvés.

Septembre 1841.

A UNE FEMME.

—

Tant seulement ton amour je demande,
Te supplyant que ta beauté commande
Au cueur de moy comme à ton serviteur.
— Clément MAROT. —

Si vous étiez la nacelle

Vagabonde qui chancelle

Au roulis des flots amers,

Je voudrais, enchanteresse,

Être l'onde qui caresse

Ses flancs polis par les mers.

4

Si vous étiez dans l'espace
Le blanc nuage qui passe
Et court franchir les déserts,
Je voudrais, ô bien aimée,
Être la brise embaumée
Qui le porte dans les airs.

Si vous étiez dans la plaine
Le lac bleu qui sous l'haleine
Du vent se plisse et blanchit,
Moi, je voudrais, ô ma reine,
Être l'étoile sereine
Que son miroir refléchit.

Vous que toujours accompagne
Le souvenir de l'Espagne,
Brune femme à l'œil vainqueur,
Voulez-vous être nacelle,
Lac bleu, nuage, être celle
A qui je donne mon cœur?

A Monsieur Durand,

MENUISIER-POÈTE A FONTAINEBLEAU.

—

SONNET.

—

Elle est mon seul ami, ma paix, mon bien suprême
Et mon soutien dans les douleurs.
— Justin MAURICE. —

CETTE vierge des cieux, la sainte poésie
De l'homme qui gémit peut essuyer les pleurs,
Et l'on puise à longs traits la fin de ses douleurs
Au vase qu'elle emplit de sa douce ambroisie.

Gilbert mourant se dresse, et, dans sa frénésie,
Reprenant sa palette aux brillantes couleurs,
Cherche un allégement au poids de ses malheurs
Dans les tendres pensers dont son âme est saisie.

Toi, Durand, tout le jour, courbé sur l'établi,
De ton rude labeur tu sais trouver l'oubli,
En adressant tes vœux à cette vierge aimée.

Rival du menuisier, la gloire de Nevers,
Sans doute en ton métier grande est ta renommée,
Si tu polis le bois aussi bien que tes vers.

AUX SOEURS MILANOLLO.

—

Oh ! quel saisissement, quel frisson, quelle joie,
Lorsque dans l'atmosphère un tel chant se déploie !
— Marceline VALMORE. —

Qui vous a donc appris ce que je viens d'entendre?

Quel génie à vos sons donne un accent si tendre,

Cette mélancolie et ce charme vainqueur,

Qui font pleurer notre âme et bondir notre cœur?

Jeunes Milanollo, dont l'archet nous enchante,
Vous chantez, n'est-ce pas, comme l'oiselet chante,
Comme l'onde murmure, et comme bien souvent
Le feuillage frémit sous les baisers du vent.

Oh! non vous n'êtes point des enfans de la terre,
Vous devant qui la foule à genoux doit se taire :
Mais deux beaux séraphins, aux chants délicieux,
Détachés un instant du grand concert des cieux.

⊷⊶⧓⧓⊷⊶

A Messieurs D. et D.

QUI M'AVAIENT INVITÉ A UN DE LEURS CONCERTS.

—

LE pauvre troubadour dont le faible génie
S'efforce de rimer quelques dures chansons,
Ira, mercredi soir, apprendre, à vos leçons,
A donner à ses vers beaucoup plus d'harmonie.

UNE LETTRE.

—

Dont je maintiens la plume bien heurée
Qui écrivit lettre tant désirée.
— Clément MAROT. —

Je passais, l'autre jour, auprès de la fenêtre

Où triste, bien souvent le soir elle a rêvé,

Je passais, mais soudain je crus la reconnaître

A travers le rideau qu'on avait soulevé.

Pâle et sur un divan nonchalamment couchée,

Des pleurs voilaient l'azur de ses regards ardens,

Et sur sa blanche main sa tête était penchée ;

Nul réseau n'enlaçait ses noirs cheveux pendans.

Rêveuse, quel motif a-t-elle donc de l'être ?

D'où vient que son cœur bat, que son sein oppressé

Se gonfle ? Quel chagrin en elle s'est glissé ?

Elle lit ; que lit-elle ? ô bonhéur ! c'est ma lettre !...

INCONSTANCE DES FEMMES EN AMOUR.

—

TRADUCTION DE CATULLE.

—

Ma belle dit n'aimer que moi seul en ce monde,

Qu'elle refuserait Jupiter pour amant ;

Mais il faut d'une femme écrire le serment

    Sur l'aile des vents et sur l'onde.

LES DEUX JEANNE.

—

SONNET.

—

...... Qui sert son pays sert souvent un ingrat.
— VOLTAIRE. —

DEUX femmes ont vécu ; deux femmes qu'on renomme,

Qui sourdes à la voix de la timidité ,

Et sentant dans leur sein palpiter un cœur d'homme,

Ont su combattre aussi pour notre liberté.

Vierges au bras puissant, c'est Jeanne qu'on les nomme ;

Devant l'une l'Anglais s'enfuit épouvanté ;

Par un beau dévoûment digne des temps de Rome,

L'autre sauve les murs de sa vieille cité.

Et plus tard, l'une, au sein d'une ingrate patrie,

Meurt sur un vil bûcher, insultée et flétrie

Par ceux qu'avait jadis foudroyés son canon ;

Et depuis l'autre attend que d'elle on se souvienne,

Qu'après quatre cents ans enfin son heure vienne,

Et que sur une pierre on inscrive son nom !...

SEUL AVEC ELLE.

Je restais devant elle immobile et sans voix.
— Alexandre DUMAS. —

J'ÉTAIS seul avec elle, et la brise du soir

Qui venait rafraîchir mes brûlantes pensées,

Caressait nos cheveux, et je pouvais m'asseoir

Près de ce corps charmant aux formes élancées.

14

J'étais seul avec elle, et je pouvais puiser

Au fond de son œil noir un long regard de flamme ;

Je pouvais respirer sa douce haleine, oser

Lui dire un de ces mots qui glissent jusqu'à l'âme.

J'étais seul avec elle, ô moment regretté !

Femmes qui m'entendez n'allez point me maudire.

J'étais seul avec elle, et pourtant suis resté

Immobile et tremblant, et je n'ai rien su dire !

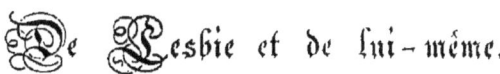

De Lesbie et de lui-même.

TRADUCTION DE CATULLE.

De moi médit Lesbie à chaque instant ;

Ah ! que je meure, si pourtant

Elle ne m'aime pas ! — Comment ?... — C'est que moi-même

Souvent je la maudis, et que pourtant je l'aime.

A mon ami Edouard Delafontaine,

AUTEUR D'UNE HISTOIRE DE BEAUVAIS.

—

SONNET.

—

Perseverando.

Poursuis tes longs travaux, courage, ami, courage,
L'avenir ne s'instruit qu'aux leçons du passé;
Qu'à nos yeux le tableau des fastes d'un autre âge
Par ta plume fidèle enfin soit retracé.

Redis nos jours de paix, redis nos jours d'orage ;

Des faits suis pas à pas le vestige effacé ;

Cherche aux lieux qui du temps nous révèlent l'outrage,

Un chemin où nul autre encore n'ait passé.

Puis, pour donner aux morts une seconde vie,

Repétris dans tes mains la cendre des tombeaux,

Des monumens épars rajuste les lambeaux.

Et si lançant sur toi ses traits méchans, l'envie

Tente de mettre un frein à ton rapide essor,

De Christophe Colomb rappelle toi le sort.

LA FIANCÉE DU CHATELAIN.

—

BALLADE.

—

Ça, qu'on selle,
Écuyer,
Mon fidèle
Destrier.
— Victor HUGO. —

Sus, sus, voici le jour ! debout, mes écuyers !

Sus, sus, voici le jour ! sur vos blancs destriers,

Comme l'éclair qui luit, comme ce daim qui passe,

Comme la flèche ailée, il faut franchir l'espace.

2

Celle qui m'a fait don de tout son avenir,

Dans mon riche castel aujourd'hui doit venir,

Et je veux avec vous, en chevalier fidèle,

Sur mon beau palefroi voler au-devant d'elle.

Regardez, regardez, n'apercevez-vous pas

Des flots de poudre au loin? Sans doute sous les pas

De son fougueux coursier s'élève cette poudre.

Allons, mon palefroi, sois plus prompt que la foudre.

Non, c'est un jeune page, il est vêtu de noir.

— Page, d'où venez-vous? — Je reviens du manoir

De sire de Coucy. — Ma noble fiancée?...

— Morte en vous consacrant sa dernière pensée.

Pendant qu'elle chantait.

———

La voix de la vierge est si pure !
Sa voix est un écho du ciel.
— Alex. GUIRAUD. —

PENDANT qu'elle chantait, je voyais de beaux anges

Sur des nuages d'or abandonner les cieux,

Où leur voix du Très-Haut célébrait les louanges,

Pour venir écouter son chant délicieux.

Pendant qu'elle chantait, je voyais autour d'elle
Voltiger un essaim d'oiseaux mélodieux,
Qui, ravis de l'entendre, effleuraient d'un coup d'aile
Son front environné d'un éclat radieux.

Pendant qu'elle chantait, moi, j'étais en délire;
Mon sang contre ma tempe avec force battait;
Et dans mon cœur vibraient les cordes d'une lyre
Accompagnant sa voix, pendant qu'elle chantait.

A Monsieur Mollevaut,

DE L'INSTITUT,

en recevant son volume de PENSÉES EN VERS.

Il est de tendres fleurs que l'on nomme pensées :
Quand viennent de l'hiver les haleines glacées,
Sous les épais frimas elles périssent, mais
Celles que vous m'offrez ne périront jamais.

A MADAME FANNY DÉNOIX,

en recevant son volume de poésies : GUERRIÈRES ET SENTIMENTALES.

Vox in deserto.

MADAME, je vous plains, votre ardente pensée,
En des jours bien mauvais, au ciel s'est élancée.
Non, la voix modulant ces sons mélodieux,
Qu'on appelait jadis le langage des Dieux,

Ne trouve plus chez nous une oreille attentive
Que par son divin charme elle enchante et captive.
Mais l'homme avec plaisir écoute, dans ces temps,
Le bruit des lourds marteaux dans la forge battans.
Leur cadence est plus douce à ses dures oreilles,
Que deux rimes sonnant l'une à l'autre pareilles.
Oui, pour lui plaire, il faut que les coups le frappant,
Ébranlent tout son corps, lui brisent le tympan.
Il lui faut l'aigre cri de la roue engrainée,
Des bobines trompant notre vue étonnée,
Et des soufflets gonflés les actifs ronflemens,
Et des rouges fourneaux les sourds bourdonnemens.
Madame, je vous plains, votre ardente pensée,
En des jours bien mauvais, au ciel s'est élancée.

UNE FLEUR.

Je rêve à cette fleur.
— DELILLE. —

Il est sur ma poitrine une fleur que je garde,
Qui fait toujours frémir mon cœur d'un doux émoi;
Qu'avec des yeux d'amour bien souvent je regarde,
Que je veux dans la tombe emporter avec moi.

Et pourtant cette fleur est toute desséchée;

Son calice flétri n'exhale plus d'odeur;

Elle fait peine à voir languissante et penchée,

Et sa tige du bois a toute la raideur.

Or, savez-vous pourquoi je trouve tant de charme

      A contempler sa livide couleur?

C'est qu'une jeune femme, un soir, sur cette fleur

      A laissé tomber une larme!

---

*A Monsieur T.****

en recevant son traité du Système métrique.

—

Je vous offris des vers que chacun blâmera

De n'avoir quelquefois ni nombre, ni césure.

Merci de votre livre, il me rappellera

Que le vers doit marcher avec poids et mesure.

LE SIÈCLE DE LOUIS XIV.

—

SONNET.

—

> Pégase est un cheval qui porte
> Les grands hommes à l'hôpital.
> — François MAYNARD. —

DANS ce siècle fameux dont la gloire infinie

Entoura les splendeurs d'un trône éblouissant,

Dans ce siècle où la voix d'un monarque puissant

A de tous les penseurs enflammé le génie;

Dans ce siècle où des sons la touchante harmonie
A su donner à l'âme un plus magique accent ;
Dans ce siècle qui vit des palais se dressant
Etaler la grandeur à la richesse unie ;

Dans ce siècle où brillaient tant d'illustres auteurs,
Peintres, musiciens, poètes et sculpteurs,
Qui prodiguaient pour lui les trésors de leurs veilles ;

Dans ce siècle-prodige, oui, dans ce siècle enfin
Si fécond en chefs-d'œuvre, en héros, en merveilles,
Hélas ! qui le croirait ? Corneille est mort de faim !.....

à douard **E.**

qui avait fait un compte-rendu de mon poème : Les Cendres
d'un Empereur.

—

Au journal du département

J'ai lu très-attentivement

Un joli petit compliment

Que m'adresse fort galamment

Un feuilletoniste charmant.

Point de nom : mais heureusement

Un prénom indiscrètement

Me fit découvrir promptement

Ce nom sous son déguisement.

Sans ce prénom assurément,

J'aurais encore, en un moment,

A son style plein d'agrément,

A son goût, à son jugement,

Connu l'auteur du compliment.

Mon cher ami, sincèrement,

Je te fais mon remercîment.

A Monsieur ***
qui m'avait envoyé des fruits de son jardin.

Quand mes doigts font vibrer les cordes de ma lyre,

Votre voix indulgente aime à m'encourager.

Ah! puissiez-vous trouver les fruits de mon délire

Aussi doux que le sont ceux de votre verger.

SOUVENIR DU CHATELLIER.

—

FÊTE DE CLERMONT-OISE. — 25 JUILLET 1841.

—

> Le corps s'en va, mais le cœur vous demeure,
> Très-chère dame, adieu, jusqu'au retour.
> — Jean FROISSART. —

JE reviendrai sous les ombrages

De ton palais hospitalier,

Du siècle oublier les orages,

O poétique Châtellier !

Je vois encor les girandoles

Qui, sous tes arceaux gracieux,

Oscillaient comme des gondoles

Flottant dans l'océan des cieux.

Et je vois la foule sans nombre,

Rongeant le frein de ses désirs,

Venir demander à ton ombre

Des nuits de joie et de plaisirs.

Puis j'entends l'orchestre en cadence

Convier, par ses chants joyeux,

Tous les apôtres de la danse

Dans son temple mélodieux.

Et soudain la tourbe intrépide

Se précipite en frémissant,

Et du sol, sous un bond rapide,

Meurtrit le sein retentissant.

Hommes, femmes, tous se confondent,
Tourbillonnent en murmurant,
Les uns contre les autres fondent
Comme les vagues d'un torrent.

De loin, en voyant cette foule
Brillante de mille couleurs,
On dirait les flots d'une houle
Qui porte une moisson de fleurs.

. . . .

Que de têtes! il en fourmille!
Mais parmi ces fronts se mouvant
Il en est un de jeune fille,
Un seul que je cherchais souvent.

A Mademoiselle ***,

en lui renvoyant son livre de prières.

—

Douce dame, quant vous me regardez,
Plus sui riches que d'or ne que d'argent.
— Thierry DE SOISSONS. —

Vous châtelaine, je voudrais,

Je voudrais être votre page,

De ce missel tourner la page,

Ce que bien souvent j'oublirais;

Car si parfois je vous contemple,

Je sens mon esprit s'égarer;

Infidèle à Dieu dans son temple,

Je me prends à vous adorer.

SUR LA MORT

de mon ami Edouard Delafontaine.

—

SONNET.

—

Celui est bien plein de folie
Qui trop au lendemain se fie.
— Etienne TABOUROT. —

HÉLAS ! ils sont toujours présens à ma pensée
Ces rêves que, trop fiers de notre lendemain,
Nous faisions tous les deux, en suivant le chemin
Où de tes pas errans la trace est effacée.

3

Tu croyais achever ton œuvre commencée,

A la gloire déjà tu présentais la main;

Mais l'homme à peine a dit : à demain! à demain!

Que, d'un seul bond, sur lui la mort s'est élancée.

Tu meurs à vingt-quatre ans! Sans toi j'irai m'asseoir

Sur le froid banc de pierre où nous causions, le soir,

De tes vastes projets, d'espérance lointaine.

Là, ne recherchant plus le plaisir insensé

De sonder l'avenir d'une vie incertaine,

Je veux, plein de regrets, ne songer qu'au passé.

JALOUSIE.

—

A mon ami Eugène Gromard.

—

Qui en amours veut être heureux,
Faut tenir train de seigneurie.
— Jean MAROT. —

JE la voyais au bal avec grâce parée ;
Autour d'elle accouraient des flots d'adorateurs ;
Pour un mot, pour un geste, elle était admirée,
Et tous lui prodiguaient mille propos flatteurs.

C'étaient de beaux dandys, à la noire moustache,
A la taille de guêpe, aux habits élégans;
Des oisifs dont la main ici-bas ne s'attache
Qu'à bien gonfler les doigts d'une paire de gants.

Comme ils étaient pressés contre elle, les infâmes!
S'enivrant à loisir de son regard coquet
Qui faisait de dépit pleurer les autres femmes;
Ils s'arrachaient entre eux les fleurs de son bouquet.

Et moi, pauvre rimeur, qui trouve plus commode
De ne point me clouer au carcan de la mode,
Moi, qui n'ai pour tout bien que mon âme et mon cœur,
J'obtenais d'elle à peine un sourire moqueur.

Et j'étais pantelant comme un homme en folie,
Comme un tigre qui souffre et la soif et la faim,
Et j'étais écumant, et dans ma rage enfin
Je maudissais le dieu qui la fit si jolie!

A Monsieur Eug. Woillez,

auteur de l'Archéologie des Monumens religieux de l'ancien Beauvaisis.

—

> Il dit : Debout ! Soudain chaque siècle se lève.
> — Victor Hugo. —

Vous dites au passé : Je veux fouiller ta cendre ;
A nos pieux débris : Dressez-vous devant moi ;
Et ces vieux monumens, fiers de vous voir descendre
Au fond de leurs secrets, tremblent d'un doux émoi.

Ah ! rien contre le sort ne les saurait défendre,

Ces superbes palais élevés par la foi ;

Sous la hache du temps leur front devra se fendre ;

Comme nous du trépas ils subiront la loi.

Non, il aura contre eux d'impuissantes colères.

Nos temples mutilés, cadavres séculaires,

Peuvent se rire enfin de ses efforts constans.

Ils vivront, ils vivront ! Votre plume fidèle

Leur donne en ce moment une vie immortelle ;

Votre savant burin triomphera du temps.

TRISTESSE.

—

À mes amis Ed. Da., An. Du.,
Alf. Du. et Eug. Gr.

—

Ah! portons dans les bois ma triste inquiétude ;
O Camille! l'amour aime la solitude.
— André CHENIER. —

Vous demandez pourquoi l'on me voit souvent seul

Et triste, à pas lents, suivre un sentier solitaire ;

Pourquoi souvent mon front s'incline vers la terre ;

Pourquoi je suis souvent plus pâle qu'un linceul?

Vous demandez pourquoi, le soir, quand dans l'espace
La blanche lune trace un lumineux sillon,
Je me prends à rêver, soit au cri du grillon,
Soit au bruit de la feuille, à la brise qui passe?

Vous demandez pourquoi le soyeux frôlement
D'une robe, ou la voix d'une femme qui chante,
Ont un charme secret qui m'enivre et m'enchante,
Qui jette dàns mon âme un doux recueillement?

Que ne demandez-vous à cette tourterelle
Qui roucoule son chant monotone tout bas,
Pourquoi loin des bosquets, loin des joyeux ébats,
Elle gémit ainsi seule sur la tourelle?

à E. C.

—

SONNET.

—

Dors, pauvre enfant, la mort n'a pas compté ton âge.
— Mélanie WALDOR. —

Il est donc vrai : la mort te l'a ravie,
Ta pauvre sœur! Son sort était si beau!
Et comme au vent s'est éteint un flambeau,
Ainsi soudain s'est éteinte sa vie.

On l'admirait avec un œil d'envie;

De son bonheur tous voulaient un lambeau.

Quel deuil cruel, alors qu'à son tombeau

En la pleurant tes regrets l'ont suivie!

Mais elle aussi, quand sur son front glacé

La pâle main du trépas eut glissé,

Que sa douleur dut être bien amère;

De retourner si jeune encore à Dieu,

De dire à tout un éternel adieu,

De fuir le monde et d'y laisser sa mère!

VERS L'ORIENT.

—

Si j'étais petit oiseau.

— BÉRANGER. —

Où vas-tu, noire hirondelle?
— Vers l'Orient. — Vole donc,
Et si tu passes près d'elle,
En l'effleurant d'un coup d'aile,
De ce billet fais-lui don.

Où vas-tu, fleuve rapide?

— Vers l'Orient. — Ah! franchis

Les champs d'un bond intrépide,

Et porte-lui, plus limpide,

Mes traits par toi réfléchis.

Où vas-tu, brise enflammée?

— Vers l'Orient. — En glissant

Sur sa tête parfumée,

Murmure à ma bien aimée

Tout ce que mon cœur ressent.

Que ne puis-je, amant fidèle,

L'œil en feu, le front riant,

Comme vous, noire hirondelle,

Fleuve ou brise, à tire d'aile,

M'en aller vers l'Orient.

LES DEUX RUBANS.

—

SONNET.

—

On ne saurait trop y prendre garde ; il circule
dans le monde une quantité de pièces fausses sous
le coin de l'honneur.

— SANIAL-DUBAY. —

OR, deux hommes passaient au boulevard de Gand :

L'un tristement courbé sous le poids du grand âge,

L'autre ayant la jeunesse et la joie en partage ;

L'un aux pas lents et lourds, l'autre leste et fringant.

Le plus jeune étalait un habit élégant;

Le vieux d'un sien parent portait tout l'héritage,

Un frac bleu qui du temps laissait percer l'outrage.

L'un avait l'air soumis, l'autre un air arrogant.

Tous deux sur leur poitrine avaient un rouge signe :

C'était de la valeur le glorieux insigne,

Le ruban que jadis l'on teignait de son sang.

Qu'étaient ces hommes? L'un, ce qu'on trouve de pire,

· Un limier de police, effroi de tout passant;

L'autre, un vieil invalide, un soldat de l'empire!....

LA NACELLE.

—

FUGITIVE nacelle,

Sur ton bord qui chancelle,

Déjà l'onde ruisselle,

Ecoute mes accens :

Là-bas grossit l'orage,

Il vient gonflé de rage,

Crains, malgré ton courage,

Ses efforts menaçans.

Pour fuir sa violence,

L'oiseau reste en silence

Sur l'arbre qui balance

Sa tête à l'aquilon,

Et la troupe bêlante,

D'une marche moins lente,

Pour l'étable brûlante

Quitte le frais vallon.

Vois le pêcheur avide,

Traînant son filet vide,

S'en revient, l'œil humide,

Et gourmande les cieux.

Plus loin, la jeune fille,

Lorsque l'éclair pétille,

Des plis de sa mantille

Voile en tremblant ses yeux.

Mais la folle qu'entraîne

Le flot loin de l'arène,

Fière comme une reine,

S'élance sans nocher;

Puis par l'onde apaisée,

La pauvrette brisée,

Fut bientôt déposée

Sur les bords d'un rocher.

———◦◦◦———

A Monsieur Mollevaux,

DE L'INSTITUT,

en recevant sa traduction de CENT EPIGRAMMES DE MARTIAL.

———

JADIS ma muse de travers

Du mordant Martial interpréta les vers;

Vous d'un style concis en ourdissant les trames,

De ce piquant auteur vous rendez tout le sens.

Oui, contre mes vers languissans

Les vôtres sont des épigrammes.

———

4

A***

SUR SES POÉSIES.

—

La rime dans vos vers chatouille assez l'oreille,
Et comme deux jumeaux l'une à l'autre est pareille.
La césure avec poids s'arrête, et d'un rejet
Trop brusque on ne suit pas le pénible trajet.
Tout en un mot est bien, tout, jusqu'à l'épigraphe.
Pourtant j'y voudrais voir.—Eh quoi donc?—L'orthographe.

Épigramme.

—

Certains rimeurs vont encenser la face
De tous les rois; ma foi, grand bien leur fasse!
Qu'espèrent-ils? des vases, des couverts;
C'est pour de l'or que leur verve étincelle;
Et ces rimeurs cherchent dans l'art des vers
Un bon moyen de monter leur vaisselle.

A Monsieur MAGU,

Tisserand-poète à Lisy-sur-Ourcq (Seine-et-Marne).

———

SONNET.

———

Anch'io son pittore !

Tu veux, Magu, dans l'ombre et le mystère
Cacher toujours ta médiocrité ;
Tu veux couler ta vie en liberté
Dans ton réduit paisible et solitaire.

Ta voix alors ne saura plus se taire,

Pourvu que Dieu t'accorde, en sa bonté,

Un franc par jour, ce franc tant souhaité

Qui doit combler ton bonheur sur la terre.

Ah ! que soumis à tes désirs, les cieux

Doublent l'essor de ton chant gracieux,

Plus doux cent fois qu'un chant de la fauvette.

Tant d'harmonie est empreinte en tes vers,

Qu'ils parcourront notre immense univers,

Plus vite encor que ne court ta navette.

JE L'AI REVUE.

—

De tous les maux d'amour le remède est l'absence.
— QUINAULT. —

Hélas ! je l'ai revue, oh ! comme elle est changée !
Et ce n'est cependant que depuis deux étés
Que pour un autre ciel elle nous a quittés,
Et de dix ans de plus elle semble chargée.

Son œil brillant jadis est maintenant éteint,
Et maintenant sa joue est livide et creusée ;
Plus d'aimable souris, plus de lèvre rosée ;
Elle n'a même plus la pâleur de son teint.

Eh quoi? ses dix-huit ans l'ont si mal protégée !
Quel orage a produit cet effet surprenant?
Pauvre fille! autrefois je l'aimais, maintenant.....
Hélas! je l'ai revue, oh! comme est elle est changée !

FLEURS SUR UNE TOMBE.

Je vis sur un tombeau, de larmes arrosées,
Quelques fleurs qu'une main d'amante avait posées ;
Et je me dis alors : comme vous, pauvres fleurs,
De cette amante aussi se sècheront les pleurs !

ARRIÈRE, DOUX PENSER!

—

Arrière, arrière enfin, doux penser qui m'obsèdes;
Oui, laisse mon esprit librement s'élancer;
Trop long-temps tu m'as dit : « Il faut que tu me cèdes
Les élans de ton cœur. » Arrière doux penser!

Pourquoi me présenter sans cesse cette image?
Mon regard assouvi finit par se lasser,
Et je ne saurais plus y songer davantage.
Arrière donc enfin, arrière doux penser!

Mais, qu'ai-je dit? Oh! non, doux penser, reste encore :
Sois l'écho de mes nuits, sois l'écho de mes jours.
Quel martyre est le mien! Quel tourment me dévore!
Je n'y veux plus penser, et j'y pense toujours!

ANECDOTE.

—

Dans un bal où sur tous les traits
Le fard exerçait sa puissance,
La vieille et coquette Maxence,
D'un ton fier, à certain Anglais
Disait : De nos belles de France
Que vous ont semblé les attraits ?
Quels visages vermeils et frais !
Ce sont chefs-d'œuvre de nature !
— Sur leur beauté, si je me tais,
Pardon, répondit le lord, mais....
Je me connais mal en peinture.

→→✷⊛≪←·←

UN RÊVE.

—

J'ai rêvé cette nuit que près de vous, Camille,
Je goûtais la fraîcheur sous la verte charmille,
Et que là, nous causions tous les deux, que souvent
Nos cheveux s'enlaçaient agités par le vent.

Et je vous contemplais, et je pouvais entendre
De vos lèvres sortir ce mot, ce mot si tendre :
Je t'aime! et ce doux mot dans mon cœur est gravé.
Camille, ah! dites-moi que je n'ai point rêvé!

TABLE.

—

www.ingramcontent.com/pod-product-compliance
Lightning Source LLC
Chambersburg PA
CBHW060816180626
46818CB00002B/832